ÉCOLE
Jeannine Manuel

43 - 45 Bedford Square
WC1B 3DN London

École Jeannine Manuel UK
Company number 904998

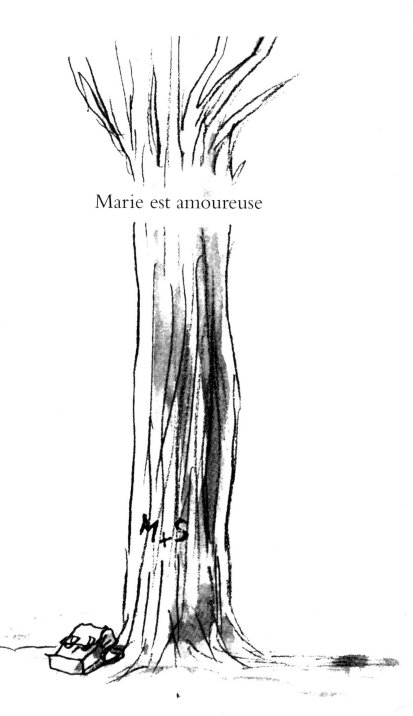

Marie est amoureuse

Brigitte Smadja

Marie est amoureuse

Illustrations de Serge Bloch

Mouche
l'école des loisirs
11, rue de Sèvres, Paris 6ᵉ

Du même auteur à *l'école des loisirs*

Collection MOUCHE

Les Pozzis
1. *Abel*
2. *Capone*

Dans la famille Briard, je demande… Joseph
Drôles de zèbres
Halte aux livres !
Une histoire à dormir debout
Lilou
Ma princesse collectionne les nuages
Ma princesse disparaît dans le couloir
Ma princesse n'est plus ma princesse
Marie est amoureuse
Maxime fait des miracles
Nina Titi
Pauline n'a pas sa clé
La plus belle du royaume
Un trésor bien caché
Le ventre d'Achille

ISBN 978-2-211-01209-6

© *1992, l'école des loisirs, Paris*
Loi n° 49.956 du 16 juillet 1949 sur les publications
destinées à la jeunesse : mars 1992
Dépôt légal : mai 2010
Imprimé en France par Herissey à Évreux
N° d'impression : 114142

Pour Françoise et moi

— Ma Marie, je te prépare une surprise extraordinaire pour ton anniversaire !

Marie pose son cartable sur la table de la cuisine sans se soucier du paquet de sucre qui se renverse sur ses affaires.

— Tu n'es pas venue me chercher.

— Mais je t'avais prévenue que je ne pouvais pas ! Tu ne m'as pas attendue ?

— Si, je t'ai attendue.

— Mais puisque je t'avais dit que tu devais rentrer toute seule !

— Je t'ai attendue quand même.

Maman s'arrête un instant de jouer avec la pâte à gâteaux qui s'est transformée en une énorme boule qui sent la fleur d'oranger.

Marie aime le parfum de la fleur d'oranger. Les fleuristes ne vendent pas de fleurs d'oranger. Il paraît qu'on en trouve seulement pour les mariages. C'est Madeleine qui le lui a dit.

— Je crois que tu vas être vraiment contente de ta surprise.

— Si tu le dis, c'est plus une surprise.

Maman retire les restes de la pâte qui sont collés à ses doigts. Elle a de la farine partout, même sur la joue droite.

– Pourquoi tu dis ça, alors que je fais tout ce que je peux pour te faire plaisir ?

Marie ne répond pas.

Elle s'est assise sur un tabouret en bois après avoir vérifié qu'il était bien propre.

Déjà ce matin en classe, elle a senti quelque chose qui lui collait les fesses : c'était un gros tas de Malabar, rose et gris. Sûrement une blague de Jonas ou de Karim. Ce qu'ils peuvent être bêtes les garçons ! Ça ne part pas le Malabar ! Maman va être furieuse. Marie leur a donné à chacun un grand coup dans les tibias. Ils lui ont dit qu'elle était folle.

Le ciel est blanc. Il fait très froid pour un mois de novembre. Il va peut-être neiger. Ce serait bien, la neige. La première et la dernière fois qu'elle a vu la neige, papa était encore là. Il n'était pas parti pour le

Canada. C'était il y a très longtemps, au moins deux ans. Il y avait de la neige partout et les flocons rentraient dans le cou. C'était froid, ça faisait des guili.

Dommage que la neige ne soit pas rose, pense Marie. Ce serait du sorbet à la fraise. Des flocons de sorbet à la fraise tomberaient du ciel, il n'y aurait qu'à ouvrir la bouche pour les avaler.

— À quoi tu penses, Marinette ?

— À rien.

C'est, en général, la réponse que Marie donne quand elle pense à quelque chose et qu'elle n'a pas du tout envie qu'on sache quoi.

— Je sais à quoi tu penses.

Marie soupire.

Quand elle était petite, elle avait peur que maman et papa sachent lire dans sa tête.

Elle sait bien maintenant que c'est absolument impossible. Elle s'est exercée avec Clara et Madeleine à ce jeu. « Ferme les yeux, pense à quelque chose très fort et je vais deviner ce que c'est. » Mais Marie, qui devine tout, n'a jamais rien deviné.

Comment maman peut croire encore qu'elle peut deviner la pensée de Marie : « Si la neige était rose, ce serait du sorbet à la fraise » ? Elle serait vraiment fortiche.

— Tu penses à papa parce que demain tu as six ans et tu es triste parce qu'il ne sera pas là. C'est ça, hein, Marionnette ?

— Oui.

Mieux vaut dire oui. Maman serait trop déçue si elle découvrait à quel point elle se trompe. Elle adore que Marie pense à papa.

Marie se demande si elle n'est

pas un peu triste que papa ne soit pas
là. Elle est triste de plein de choses
mais elle n'est pas vraiment triste
que papa soit au Canada.

Elle est un peu embêtée de ne
pas être plus triste.

— Tu vas voir. Ce sera un anniversaire que tu n'oublieras jamais.

— Oh ! crotte, dit Marie. Tu as
renversé plein de sucre sur mon cartable !

— C'est toi qui as renversé le
sucre !

Marie hausse les épaules. De
toute façon, le cartable est étanche.

Marie est dans sa chambre. Elle
prend Peluche dans ses bras et elle
lui donne un bisou.

Peluche, c'est son ours. Il est tellement vieux qu'il est borgne. Maman a essayé de lui réparer son œil, en cousant un bouton à la place de l'œil qui manquait, mais Peluche ne ressemblait plus du tout à Peluche. Marie avait arraché le bouton. « Soit tu couds à Peluche un œil pareil à celui qu'il a déjà, soit tu le laisses sans son œil. »

Peluche est resté borgne.

Marie s'installe devant son bureau.

Il faudrait qu'elle fasse un tas de feutres qui marchent et un autre de feutres qui ne marchent pas. Il faudrait qu'elle jette tous les autocollants qui ne collent plus et les voitures qui ont eu trop d'accidents et qui n'ont plus de roues. Elle range un feutre sans bouchon dans sa trousse.

Elle ouvre un tiroir et cherche sous la pile de dessins qu'elle a gardés depuis la crèche, la photo de classe de l'année dernière.

Il y a Clara que l'on voit tout de suite parce qu'elle est très grande. On ne peut pas croire qu'elle a le même âge que les autres. Elle a l'air très bête sur la photo. Madeleine est à côté de Clara et elle fait un sourire. Elle a trois dents en moins. Elle est moche.

Clara et Madeleine sont les meilleures copines de Marie. Elles se connaissent depuis la crèche, « depuis qu'elles ont trois mois », dit maman. Marie ne se souvient ni de Madeleine ni de Clara à trois mois.

À côté de la maîtresse, au milieu, il y a Franck Gaillon. La maîtresse fait comme si de rien n'était mais on voit bien qu'elle est dégoûtée. Marie le voit en tout cas. Elle devine. C'est facile à deviner. Franck Gaillon fait encore pipi dans sa culotte. Il sent mauvais et il frappe tout le monde dans la cour, même les surveillants de la cantine. C'est bizarre qu'ils ne renvoient pas Franck Gaillon.

Jonas, Karim et Arthur font des grimaces. Ils sont drôles. Marie se souvient de son jogging et du chewing-gum. Elle pourrait faire un trou avec ses ciseaux et dire à maman qu'elle ne sait pas comment ce trou est arrivé là.

Au deuxième rang à droite, il y a quelqu'un sur la photo que Marie ne regarde pas tout de suite.

C'est Samuel Pichet. Il a beaucoup de cheveux, très noirs, et il regarde tout droit. Il a les yeux bleus mais sur la photo, on ne voit pas qu'ils sont bleus. Il sourit, un sourire presque invisible. Marie le regarde et, sans s'en rendre compte, elle sourit comme lui.

Maman rentre dans la chambre.

Marie cache la photo sous une pile
de prospectus du BHV.

    – Qu'est-ce que tu caches ?

    – Des choses.

— Ah bon. Tu veux m'aider à faire les beignets ?

Marie dit non dans sa tête pour imaginer ce que ça ferait si elle disait non. Ça fait que maman a l'air très triste. Elle dit :

— Oui, je veux bien.

— Tu es contente que je fasse des beignets à la fleur d'oranger ?

— Oui ! J'adore la fleur d'oranger.

Marie étale la pâte avec son rouleau à pâtisserie et grâce à sa petite roulette spéciale, elle découpe des formes. C'est mamie qui lui a offert le nécessaire à pâtisserie. L'année dernière, elle lui avait offert le nécessaire à couture. Pour mamie, il y a plein de choses nécessaires.

Marie réfléchit à la surprise de maman. Ce qui est inquiétant, c'est que ce n'est pas un cadeau. Elle en a déjà eu un, très gros : un magnéto-phone avec un micro.

Maman n'a pas voulu qu'elle donne les invitations comme les autres années : « Je m'occupe de tout. Tu verras. »

Est-ce que Samuel viendra à son anniversaire ? Si Samuel ne vient pas, elle ne vient pas non plus. Marie trouve que c'est une idée géniale. Tous ses copains viendraient et elle ne serait pas là !

– Comme tu es soucieuse, aujourd'hui, ma Marie chérie, ma Tchoupinette, ma Marinette, ma Marionnette !

Maman est en pleine forme. Elle jette les beignets dans l'huile bouillante, elle les repêche à toute vitesse, et tout ça en sifflotant une chanson de guerre que papa chantait quand il était là : *le Pont de la rivière Kwaï.*

Qu'est-ce qu'elle ferait avec tous ses beignets, maman ? Qui les mangerait si je ne suis pas là ? Elle éclaterait en sanglots, elle serait très très triste.

Mais est-ce qu'elle a invité Samuel, est-ce qu'il viendra ? À quoi ça sert un anniversaire sans Samuel ?

— Qu'est-ce que tu as, Marinette ? Tu réfléchis ?

— J'ai mal au ventre.

Le soir, Marie serre Peluche contre elle. Ça lui est complètement

égal d'être trop grande pour aimer
autant un ours borgne. Même quand
elle sera grande comme maman, elle

gardera Peluche et, certains soirs, elle dormira avec lui. Si son mari n'est pas content, s'il n'aime pas les ours borgnes, elle divorcera. Peluche aimera sûrement Samuel. Marie lui parle de Samuel tous les jours. Peluche lui répond en lui faisant des clins d'œil.

Maman travaille, dans son bureau, là-bas, tout au fond du couloir. Elle tape sur la machine à écrire. Elle traduit des livres écrits en anglais, surtout des policiers. Il y a des assassins, des crimes et des victimes mortes sanguinolentes et exsangues. Exsangues, ça veut dire très pâles comme quand on n'a plus de sang du tout. C'est maman

qui lui a expliqué ce mot. C'est bien,
le travail de maman. C'est très rigolo
de traduire des crimes, ça fait peur.

Marie se tourne sur le côté et
serre Peluche plus fort. Elle lui
embrasse l'œil où il n'y a pas d'œil.

Elle sourit à la bonne idée qu'elle a eue : elle a mis tout simplement son jogging au Malabar dans le linge sale.

La machine à écrire fait beaucoup de bruit. C'est une vieille machine que papa a laissée à maman avant de partir au Canada. Elle était sûrement trop lourde. Maman ne veut pas s'en acheter une autre. Marie aussi aime la machine qui fait tip tip tap tip tap tip top. C'est sa berceuse préférée.

Il est deux heures.

Maman a déjà apporté trois cents beignets sur la table. Elle est folle. Ils ne pourront jamais manger tous ces beignets. En plus, il y a aussi des minitartes aux pommes, au moins cinquante, un magasin entier de bonbons et de chewing-gums, et vingt-cinq bouteilles de Coca, de jus d'orange, de pamplemousse et d'exotique. Ça fait beau sur la table mais ça fait trop.

Peut-être que maman a gagné au Loto ? Ou bien elle a eu une augmentation ? Bizarre.

– Tu trouves ça beau, Marinette ?

– Oui.

– Pourquoi tu fais cette tête ?

– Tu crois pas qu'il y a trop de
beignets ?

– Tu verras. Il n'en restera pas un
seul.

– Tu sais, mes copains, ils man-
gent normalement. S'il en reste, tu
pourras acheter un nouveau congé-
lateur, on les gardera pour l'année
prochaine.

– Mais, on ne gardera rien du
tout ! Allez, ne t'inquiète pas. Tu vas
comprendre bientôt. Viens t'habiller.
Après, tu m'aideras à faire la déco-
ration avec les ballons.

– Je suis déjà habillée.

— Marie, tu n'as pas l'intention de rester avec ce vieux pantalon ?

— Tu dis toujours que les vieux pantalons, c'est ce qu'il y a de mieux au monde, dit Marie en désignant maman qui porte un jean noir qui est devenu tout gris.

— Pour faire de l'escalade à Fontenaibleau ! Pour aller à Arcachon avec mamie ! Pour traîner le mercredi !

— Aujourd'hui, on est mercredi !

— Marie, tu as une robe très jolie en velours. Et c'est ton anniversaire.

— Je veux pas la mettre.

— Marie, fais-moi plaisir.

Ah non ! Si Samuel la voit avec cette robe et les collants et les chaussures et les petits nœuds dans les cheveux qui vont avec, il ne l'aimera jamais, jamais ! Et il aura raison.

— C'est mon anniversaire, quand même, dit Marie.

Elle ne cédera pas. Maman aussi sent que Marie ne cédera pas. Dans ce cas-là, maman n'insiste pas.

— Bon, tu as gagné. Mais il y a des jours vraiment où je ne sais pas ce que tu as dans la tête. Une robe si jolie et tu ne l'as jamais mise !

Marie est dans le salon.

Le plafond est couvert de ballons. Tout est prêt pour le jeu de la pêche miraculeuse. Les beignets forment une montagne avec de la neige en sucre glace au sommet.

Il y a un grand silence. On dirait que l'anniversaire est déjà fini ou qu'il n'a jamais commencé.

Marie n'a pas envie d'être invitée à cet anniversaire. Dommage que ce soit le sien. Elle aurait préféré rester toute seule ou peut-être avec une copine et regarder une cassette vidéo en mangeant des beignets et des Esquimau.

On sonne. Ce n'est sûrement pas Samuel.

Non. C'est Clara.

– Salut, Marie ! Madeleine est encore dans l'escalier. Oh ! C'est beau ici !

Marie est très contente que Clara soit contente. Maman n'aura pas travaillé pour rien. Elle est déchaînée ! On dirait que c'est son anniversaire à elle.

Clara donne son cadeau à Marie. C'est un porte-plume. La partie réservoir contient une petite dame en maillot qui nage dans de la fausse eau, le chapeau du porte-plume est en forme de parasol.

Maman crie : « Oh que c'est chouette ! » avec la même voix que si elle avait dit : « Oh quelle horreur ! » Elle ne devrait pas parler comme ça, en disant des mots comme « c'est chouette », comme si elle avait six ans. Clara va la trouver débile. Et puis, personne ne dit plus « c'est chouette ».

Madeleine vient d'arriver.

— Marie, regarde comme Madeleine est jolie ! Regarde !

Madeleine porte la robe que maman voulait obliger Marie à mettre. Exactement la même. Elle a mis des collants violets. Comment elle a fait pour trouver des collants vio-lets ? Elle n'a pas ses baskets mais des chaussures noires de danseuse. Marie s'oblige à penser qu'elle la trouve absolument affreuse.

Madeleine lui offre une trousse remplie de barrettes, de nœuds et d'élastiques fluo. Marie n'aime pas les coiffures. Elle remercie Madeleine.

On sonne encore. Cette fois, c'est peut-être Samuel. Il faut que ce soit Samuel.

Marie passe devant la grande glace de la porte d'entrée. Elle ne se trouve pas jolie et ses baskets sont sales. Elle aurait dû se changer. Samuel va préférer Madeleine et ses collants violets. Les garçons aiment sûrement les collants violets.

Ce n'est pas Samuel : c'est Franck Gaillon.

Marie le regarde sans comprendre. Il porte une chemise blanche et un nœud papillon.

— Qu'est-ce que tu fais ici ?

— Ben, je viens pour ton anniversaire !

— Qui t'a dit de venir ?

— Ben, c'est ta mère qui a téléphoné à ma mère pour lui dire qu'on te faisait une surprise !

Franck tend un gros paquet à Marie. Elle le laisse entrer.

Franck Gaillon sent une odeur encore plus atroce que d'habitude. Il s'est renversé une bouteille d'eau de Cologne sur sa mauvaise odeur.

Maman se précipite sur lui.

— Comme c'est mignon, Franck, d'être venu ! Ta maman n'est pas montée avec toi ?

— Non, madame, dit Franck comme s'il était prix Nobel de bonne éducation.

Marie ouvre le cadeau de Franck sous les regards de Madeleine et de

Clara qui ricanent. Elles détestent Franck Gaillon et elles se moquent de Marie qui l'a invité.

« C'est pas mon idée. C'est ma mère ! » a eu le temps de murmurer Marie qui se demande si elle pourrait avoir la chance de mourir de honte.

Clara et Madeleine ne la croient pas. Jamais leurs mères n'auraient l'idée d'inviter des gens qu'elles n'aiment pas.

Le cadeau de Franck est un atlas géant. Marie le trouve magnifique mais elle ne le dit pas.

Elle est obligée de faire une bise à Franck en s'écartant de lui très vite. Franck est tout rouge.

Madeleine éclate de rire et Marie

l'entend dire : « Marie et Gaillon
sont amoureux ! »

Marie sent qu'elle va pleurer,
crier, ou frapper Madeleine, maman

et Franck Gaillon. Elle aimerait les réduire en bouillie, les transformer en victimes sanguinolentes. On ferait un livre sur elle, que maman traduirait et elle irait en prison. Ça existe la prison quand on a six ans ?

Elle dit :

— Merci beaucoup, Franck.

Elle voudrait courir s'enfermer dans sa chambre et parler à Peluche.

Marie n'aura pas le temps de s'enfermer dans sa chambre.

Pendant plus d'une heure, elle ne fait rien d'autre que répondre à la sonnette de la porte d'entrée en imaginant que Samuel sera derrière la porte. Elle ouvre à chaque fois en respirant très fort comme papa le lui a montré.

Ce n'est jamais Samuel Pichet.

C'est Jonas, Ève, Arthur, Karim, Dolorès à qui elle n'a jamais adressé la parole, Pierre qu'elle n'aime pas, Lola qui n'est pas sa copine et plein d'autres qui lui tendent des cadeaux qu'elle n'ouvre plus.

C'était donc ça, la surprise de maman ! Toute la classe est invitée ! Toute la classe, sauf Samuel.

Maman n'a plus le temps de penser à sa fille.

Elle verse les boissons dans les gobelets en plastique, elle organise la pêche miraculeuse, elle met de la musique, des chansons pour bébés que personne n'écoute, elle ramasse tous les papiers de bonbons et tous

les chewing-gums qui sont collés à la moquette, elle distribue ses beignets. La montagne s'est effondrée. Il n'y a plus une seule minitarte.

Ils ont même envahi la chambre de maman. Marie les supplie d'arrêter.

Ils sautent sur le lit, ils tapent sur la machine à écrire. Arthur joue avec une sarbacane qu'il a gagnée à la pêche miraculeuse. Les projectiles sont les beignets. Il les envoie sur Madeleine et Clara qui ont le visage rouge et qui crient à Marie :

— C'est super chez toi, Marie !

Marie se dit qu'à l'anniversaire de Madeleine, le mois prochain, elle casserait plein de trucs dans sa maison. Elle grimperait sur tous les lits et elle mettrait les chaises à l'envers. Il n'y a que Franck Gaillon qui ne fait rien. Il est assis dans un coin et il lit un livre.

Marie ne dit plus rien. Elle regarde encore un peu ce spectacle. C'est comme les cyclones à la télé.

Tant pis pour maman. C'est de sa faute. C'est bien fait pour elle.

Marie n'aime plus personne. Elle a seulement envie qu'ils disparaissent tous.

Elle s'est cachée derrière un rideau du salon. Personne ne sait qu'elle est là. Tout le monde s'en fiche.

Elle a trouvé le porte-plume que Clara lui a offert. Il est complètement écrabouillé et il ne reste plus rien de la petite dame en maillot de bain. Il y a seulement une petite flaque d'eau par terre. Elle a très envie de pleurer.

Quelqu'un soulève le rideau. C'est Franck Gaillon.

— Laisse-moi tranquille.

— Tu ne joues pas, Marie ?

— Non.

— Moi non plus.

Marie hausse les épaules sans le regarder.

— Je voulais te dire que je suis content d'être à ton anniversaire.

— C'est pas moi qui t'ai invité.

— Ah bon, dit Franck, et il replace soigneusement le rideau sur Marie.

Il ne sent pas si mauvais, finalement. Marie lui dit :

— Il est super, ton atlas, Franck.

Marie pleure.

Il est cinq heures. Samuel ne viendra plus.

— Marie ! Marie ! Mais qu'est-ce que tu fais ? On va souffler les bougies ! Marie ! On sonne à la porte ! Marie ! Viens ! Mais qu'est-ce qu'il y a ? Tu pleures ?

— Ils ont cassé mon porte-plume.

— C'est pas grave, ma Marinette, je t'en achèterai un autre. Va vite ouvrir ! C'est peut-être une maman.

Marie ne peut pas s'empêcher de sourire. Pauvre maman ! Elle est fatiguée. Elle aussi, elle aimerait que l'anniversaire soit fini ! Elles pourraient s'y mettre à deux et hurler : « Rentrez chez vous ! Ne revenez plus jamais ! » Ce qui serait bien, c'est qu'il y ait vingt-cinq mères derrière la porte.

Derrière la porte, il y a Samuel Pichet.

Il est là, debout, dans le noir.

Marie ne dit rien.

— Salut. J'ai pas pu venir plus tôt. J'avais dentiste aujourd'hui. J'irai aussi la semaine prochaine. Je dois porter un appareil.

Samuel a une nouvelle coupe de cheveux, une coupe hérisson.

Il a mis un vieux pantalon, lui aussi.

— Tiens, je t'ai apporté un cadeau. C'est ma mère qui a eu l'idée. J'espère que ça te plaira.

Marie prend le cadeau enveloppé dans un papier où la tête de Marilyn

Monroe est reproduite en mille exemplaires.

Elle n'a pas le temps de parler à Samuel.

Clara et Madeleine l'ont vu. Elles se précipitent sur lui. Surtout Madeleine et sa robe en velours et ses chaussures de danseuse et ses collants violets. Elle est très très moche mais Marie n'est pas sûre que Samuel la trouve moche…

« Joyeux anniversaire ! Joyeux anniversaire ! Joyeux anniversaire, Marie ! Joyeux anniversaire ! »

Marie souffle, mais une bougie n'a pas voulu s'éteindre. Elle était sûre qu'elle les soufflerait toutes d'un coup, ses six petites bougies,

mais au moment où elle allait souffler, elle a senti que Samuel la regar-
dait et elle a eu très mal au ventre.

Cinq bougies seulement se sont éteintes.

Madeleine crie : « Tu te marieras pas cette année ! Tu te marieras pas ! »

Ils rigolent et tapent du pied. Arthur siffle en mettant ses mains dans sa bouche. C'est un truc que son grand frère lui a appris. Il est le seul dans toute l'école à savoir siffler comme ça.

Marie hausse les épaules. Elle regarde maman qui ne comprend rien et qui crie :

— Où sont les petites assiettes, mais où sont les petites assiettes ? Marie, tu ne les as pas vues ?

— Si. Elles sont dans le couloir. Karim et Dolorès s'en sont servis pour une bataille de soucoupes volantes.

Tout en parlant, Marie fusille Madeleine. C'est bien la peine d'avoir connu une fille depuis l'âge de trois mois et de découvrir que c'est le pire des monstres, car Madeleine est un monstre. Elle n'a pas arrêté d'embêter Samuel, de faire plein de jeux avec lui. Marie les a même surpris dans le couloir qui chuchotaient et ils ont arrêté de parler quand elle s'est approchée d'eux.

Quand maman revient avec une pile d'assiettes complètement gondolées, Marie prend les allumettes, rallume toutes les bougies et les souffle d'un seul coup.

— Bravo, Marinette, dit maman.

– Ça compte pas si on recommence, dit Madeleine.

– Si, ça compte, dit Franck Gaillon.

– Non. Et puis d'abord, toi, on te parle pas.

– Il a raison. Ça compte, dit Samuel.

En partant, Clara embrasse Marie et lui dit tout doucement pour que personne n'entende :

– Je crois que Madeleine est amoureuse de Samuel et que Franck Gaillon est amoureux de toi.

– Laisse-moi tranquille, répond Marie.

À ce moment, le téléphone sonne.

– Marie ! Marie ! C'est pour toi,
c'est papa ! il appelle du Canada !

Bien sûr que papa appelle du
Canada puisqu'il y vit au Canada.
Maman dit n'importe quoi.

Marie court vers le téléphone. Elle voudrait raconter plein de choses à papa mais elle ne sait jamais quoi lui dire. À chaque fois qu'elle entend la voix de papa au téléphone, il lui semble qu'il est très loin et qu'elle ne le connaît plus.

– Marie, Marilou ! C'est papa !

– Moui.

– Bon anniversaire, ma puce ! Tu as reçu ma carte ?

— Non.

— Les postes marchent mal mais tu vas la recevoir. Sûrement demain. C'est bien, ton anniversaire ? Maman m'a dit qu'elle avait invité toute la classe. Tu es contente ?

— Moui.

— Tu n'es pas contente ?

— Moui.

— Tu as réfléchi au cadeau que tu veux pour ton anniversaire ?

— Non.

— On se verra aux vacances de Noël, d'accord ?

— Moui.

— Bon anniversaire, Marilou. Je te fais un gros, gros bisou. Tu entends mon bisou dans le téléphone ?

— Moui.

Quand Marie raccroche, il ne reste plus dans le salon que Franck Gaillon. Samuel est parti sans lui dire au revoir.

— Si tes parents ne viennent pas te chercher dans cinq minutes, Franck, je leur téléphone et tu dors ici.

— Ah non ! hurle Marie. Ça suffit ! Ça suffit !

— Mais qu'est-ce qu'elle a ? Marie ! Qu'est-ce que tu as ?

— Elle est folle, dit Franck Gaillon.

Marie se retrouve enfin seule dans sa chambre et ferme la porte. Elle entend maman qui passe l'aspirateur. Elle en a pour un moment.

Marie a soigneusement plié le papier cadeau Marilyn Monroe et l'a rangé sous la photo de classe.

Samuel lui a offert un carnet coffre-fort bleu avec des petits cœurs jaunes. Il ferme avec une minuscule clé dorée.

Marie l'ouvre. Elle tourne les pages une à une. Elles sont toutes blanches.

Elle cherche dans son tas de feutres un feutre qui marche. Elle en choisit un bleu turquoise. Elle écrit : « MARIE AIME SAMUEL. » Elle l'écrit en s'appliquant beaucoup. Elle ne veut pas faire une seule rature.

Elle lit et relit la phrase. Elle la trouve très belle mais elle a un peu

peur. Il ne faut pas que quelqu'un la
lise, jamais !

Pourquoi Samuel lui a donné ce
cadeau ?

Elle regarde Peluche en se posant cette question. Peluche, d'habitude si malin, ne répond rien du tout.

Elle ferme soigneusement le carnet coffre-fort et elle le range sous son lit, dans le tiroir où on met le matelas pour les amis qui viennent dormir. Pas pour Franck Gaillon ! Qu'est-ce qui lui a pris à maman ? Pourquoi elle peut être si méchante ? Pourquoi elle fait tout, vraiment tout, pour l'embêter ?

Maman a fini. Elle vient faire le câlin du soir.

— Tu n'étais pas très contente de mon idée, hein, ma Tchoupinette ? Je croyais que ça te ferait plaisir.

— J'aime pas les surprises.

— La prochaine fois, je te deman-

derai ton avis, je te promets. Pour
moi aussi, c'était assez crevant, finalement. Est-ce que tu as goûté un
beignet, au moins ?

— Non.

— J'en ai trouvé plein derrière mon lit. Tu en veux ?

Marie et maman font un pique-nique de beignets écrasés et de jus de pomme.

Elles regardent sur l'atlas géant de Franck Gaillon où se trouvent le Canada et les Seychelles.

— Qu'est-ce que ça doit être bien, les Seychelles, dit maman qui a les yeux très cernés et qui ressemble aux victimes exsangues des romans policiers qu'elle traduit.

Marie lui met les bras autour du cou.

— Tu viendras me chercher à l'école, demain ?

— Je viendrai, c'est d'accord.

— Tu trouves pas que la mère de Franck Gaillon, elle sent pas mauvais du tout ?

Maman rit. Marie aussi.

Le lendemain à l'école, Marie décide de parler à Madeleine, pour la dernière fois peut-être.

Dès qu'elle entre dans la cour, Madeleine vient tout de suite vers elle. Elle n'a plus du tout son allure de petite fille-monstre. Elle est en jogging, comme tout le monde.

– Marie ! Tu sais ce qu'elle dit, Clara ? Elle dit que Franck Gaillon est amoureux de toi.

– Elle dit n'importe quoi !

– J'ai demandé à Franck si c'était vrai.

— Pourquoi tu lui as demandé ? Qu'est-ce que ça peut te faire ? Qu'est-ce qu'il a dit d'abord ?

— Eh ben, c'est même pas vrai qu'il est amoureux de toi ! Regarde le bleu qu'il m'a fait ! Il a rien dit et il m'a frappée. Il est fou !

— Toi, tu le dirais si t'étais vraiment amoureuse ? demande Marie qui trouve que Franck a assez raison de donner des coups à tout le monde et surtout à Madeleine.

— Ben oui ! Pourquoi je le dirais pas ?

— Et t'es amoureuse ?

— Ouais.

— De qui ?

Marie respire très fort. Elle est prête à tout. Elle se demande seule-

ment si elle est aussi forte que
Franck Gaillon.

    – De Karim, d'Arthur, de Jonas…

    – De Samuel ?

    – Oh non ! J'aurais bien voulu
être amoureuse de lui, hier, mais je
crois qu'il aime personne, alors…

    Marie a passé la plus belle jour-
née d'école de toute sa vie.

D'abord, Samuel l'a choisie pour être dans son équipe au foot et il lui a donné deux calots bleus. Il a même fait une chose incroyable : il a invité Franck à jouer avec eux. Franck n'a pas voulu. On dirait qu'il déteste Samuel.

Ensuite maman a fait une belle surprise à Marie, une vraie surprise : elle n'est pas venue la chercher à l'école, comme elle l'avait promis.

Marie a été obligée d'aller dans la cour en l'attendant... Samuel était avec elle parce qu'il reste à l'étude tous les soirs.

C'était vraiment bien. Il pleuvait très fort et les surveillants ne s'en sont pas aperçus tout de suite.

Ils ont joué à « chat dérapé », un

jeu que Samuel a inventé où il faut
se jeter à plat ventre contre l'arbre
qui sert de but, comme au rugby.
Quand il pleut, c'est un jeu bien
mieux que toutes les pêches miracu-
leuses. Marie et Samuel étaient les
plus forts.

Lorsqu'ils ont dû s'abriter sous le préau, il était cinq heures et quart. Samuel a donné à Marie la moitié de son sandwich beurre-chocolat aux noisettes.

— Tu sais, Marie, tu es ma meilleure copine.

— Toi aussi, tu es mon meilleur copain, a répondu Marie qui avait envie de rire parce que la coiffure hérisson de Samuel était complètement aplatie et que ses cheveux lui recouvraient entièrement les yeux.

— Ce qui est bien avec toi, a ajouté Samuel, c'est que t'es jamais amoureuse comme les autres filles.

— Et toi, t'es amoureux ? demande Marie en regrettant d'avoir prononcé cette phrase.

Samuel hésite un instant mais, très vite, il range ses cheveux derrière les oreilles.

— Moi ? T'es folle !

— Moi non plus. Je serai jamais amoureuse de personne.

Marie a failli ajouter : « sauf de toi ». Heureusement, elle n'a rien dit.

Maman arrive enfin avec deux pains au chocolat, une boisson et des Malabar. Dehors, il fait tout noir.

C'est la première fois que Marie est dans l'école et qu'il fait nuit.

— Ma petite puce ! Si tu savais, j'ai couru ! J'ai tout fait pour arriver à l'heure ! Les métros sont en grève, impossible de trouver un taxi… Mais tu es trempée ! Ils ne vous surveillent pas ! Tu vas attraper une pneumonie !

— Maman…

— Ils sont inconscients ! Je vais le dire au directeur !

— Maman…

– Ils doivent prendre leurs res-
ponsabilités !

– Maman !…

– C'est incroyable !

– MAMAN !

– Quoi ? Qu'est-ce qu'il y a ?

– Tu sais, j'aimerais bien rester
tous les jours à l'étude et j'ai trouvé
ce que je veux demander à papa
pour mon anniversaire.

– Ah bon, c'est quoi ?

– Des gants de boxe et un appareil dentaire.

Retrouvez Marie et Samuel dans :

Collection MOUCHE

Pauline n'a pas sa clé

Collection NEUF

Marie souffre le martyre
Qu'aimez-vous le plus au monde ?

Collection MÉDIUM

J'ai hâte de vieillir
Une Bentley boulevard Voltaire
J'ai rendez-vous avec Samuel